I0546675

OUVERTURE

DES

CONFÉRENCES DES AVOCATS

à la Cour Impériale de Metz.

14 NOVEMBRE 1859.

ÉLOGE

de

CLAUDE RULLAND,

Avocat au Parlement de Metz,

PRONONCÉ PAR

M. ADRIEN DE CLÉRY,

AVOCAT.

METZ,

Typographie et Lithographie de NOUVIAN, rue Neuve-Saint-Louis, 1.

1859.

ÉLOGE

DE

Claude RULLAND,

Avocat au Parlement de Metz.

> « Nous aspirons à la même
> » gloire qui a couronné les tra-
> » vaux de nos pères. »
> (Daguesseau. *Ouverture des Audiences*. 1698.)

Messieurs,

C'est avec un certain sentiment de tristesse que je prononce devant vous le nom autrefois illustre, aujourd'hui presque ignoré, d'un homme qui a consacré sa vie entière à l'accomplissement des devoirs de notre profession, de Claude Rulland, longtemps doyen du barreau de Metz. Il faut que l'avocat sache se résigner à l'oubli, puisque la célébrité qu'il doit à l'éloquence de sa parole semble presque toujours condamnée à s'éteindre avec lui. Peut-être ceux qui lui survivent se rappellent-ils quelquefois avec plaisir les émotions qu'il leur faisait éprouver? mais la postérité ne retrouve plus nulle part l'écho d'une voix qui s'est tue : elle s'étonne d'une gloire qu'elle ne peut juger et elle refuse de la consacrer. Gabriel, contemporain et confrère de Rulland, disait en parlant de lui : « Sa mémoire sera longtemps précieuse au barreau de Metz, qui lui doit une bonne partie de sa réputation [1] ». La pensée qu'exprimait Gabriel ne s'est pas réalisée; le souvenir de Rulland, conservé seulement par quelques érudits, est perdu pour le plus grand nombre; les événements eux-mêmes semblent avoir conspiré avec notre insouciance pour détruire tout ce qui pouvait le sauver de l'oubli. Sa famille est éteinte; sa tombe ne se retrouve plus [2]; les institutions au milieu desquelles il a vécu ont été changées; tout ce qu'il a connu et aimé pendant sa vie a disparu, tout, jusqu'au vieux Palais [3], témoin de ses luttes et de ses triomphes.

C'est que depuis cent ans, Messieurs, le temps a fait plus de ruines peut-être qu'il n'en avait fait pendant une longue suite de siècles. La génération qui suivit celle de Rulland a dû oublier momentanément

---

[1] *Observations détachées sur les coutumes et les usages anciens et modernes du ressort du Parlement de Metz, tome 1, page 559.*

[2] Les membres de la famille Rulland étaient enterrés dans l'église Saint-Martin, à côté de l'autel de la Sainte Vierge.

[3] L'ancien Palais de Justice était bâti sur l'emplacement qu'occupe aujourd'hui la maison connue sous le nom de Palais Français. De là le nom de la rue du Palais.

le passé pour agir dans le présent : le vieil édifice social s'était écroulé, il fallait en élever un autre, entreprise immense dont on n'aurait pu prévenir les difficultés et les périls que par une sage et prudente lenteur. Malheureusement tout a été compromis par trop de précipitation : de là cette impérieuse nécessité de refaire la société tout entière pour ainsi dire du premier jet ; de là des lacunes dans cette œuvre improvisée par des intelligences belles et grandes sans doute, mais limitées comme tout ce qui est humain. Pour suppléer à ce qui manquait, pour étayer ce qui chancelait, on s'est bientôt vu forcé de recourir aux ruines de ce qui avait été renversé ; aujourd'hui on sent plus que jamais le besoin de revenir aux vieilles traditions, de relier le présent au passé, et l'on s'aperçoit, non sans étonnement, que sur bien des points la sagesse de nos pères avait devancé des progrès que nous nous sentirions disposés à regarder comme des conquêtes de l'esprit nouveau.

Les traditions, glorieux héritage du passé, dédaignées par les uns, redoutées par les autres, sont restées la règle du plus petit nombre. C'est pour le barreau un titre de gloire que d'avoir précieusement conservé les siennes : elles ne peuvent porter ombrage à personne. Nous ne réclamons pas de priviléges ; mais, gardiens vigilants de l'honneur de notre ordre, nous voulons transmettre à la génération qui nous suivra la rigoureuse sévérité de nos principes. TRAVAIL — DÉSINTÉRESSEMENT — INDÉPENDANCE, ces trois mots résument toutes nos traditions.

Avant de vous montrer, Messieurs, comment la vie de Rulland en a été la mise en pratique constante, je dois vous parler de sa famille, de son éducation, des principes religieux qui en ont été la base, de tout ce qui a formé, instruit et dirigé sa première jeunesse. Ses exemples doivent être pour nous un enseignement d'autant plus utile que l'époque à laquelle il est né n'est pas sans analogie avec celle que nous traversons. A l'extérieur, les armées victorieuses de Louis XIV rendaient à la France son ancienne puissance récemment amoindrie par des luttes intestines; à l'intérieur, le pouvoir royal à son apogée ne souffrait plus de rival. Le souvenir des malheurs de la Fronde vivait encore dans la mémoire de tous; les provinces s'inclinaient sans murmurer devant l'autorité d'un prince assez énergique pour combattre l'esprit de révolte, assez fort pour le dompter. Les grands corps de l'État remplissaient avec d'autant plus d'exactitude leur mission qu'il leur était interdit d'en sortir; les Parlements rendaient la justice, et, à leur exemple, l'ordre des avocats ne s'occupait que de ses devoirs professionnels. Il y a loin de là, Messieurs, aux souvenirs d'une époque plus récente, époque à laquelle le barreau a joué un rôle important, presque dominateur, dans le monde politique. Si nous sommes tentés de regretter ces luttes fiévreuses, cause de célébrité pour ceux qui y prenaient part, mais cause d'agitation pour le pays, rappelons-nous que la route moins accidentée qui s'offre à nous conduit à un but plus désirable qu'une vaine renommée et que nous pouvons encore mériter la plus belle des récompenses : l'estime de tous et la satisfaction du devoir accompli.

Telle a été la seule ambition de Claude Rulland qui devait à ses mœurs simples un amour plus grand pour la vertu que pour la gloire qui en est le prix. Il est intéressant d'étudier comment sa famille est lentement arrivée d'une origine obscure à la position brillante qu'elle avait du temps de ses derniers représentants. Rien n'est venu faciliter cette élévation progressive, ni la protection des grands, ni les faveurs du sort qui mettent souvent en relief certains hommes, laissant dans l'ombre un mérite plus réel ; mais, à chaque génération, le fils soutenu par l'estime dont son père avait été entouré pendant sa vie, montait d'un degré sur l'échelle sociale : le fils du boucher Sébastien Rulland[1] devenait receveur de la Bulette, son petit-fils Jacques[2] était avocat au Parlement. Déjà les membres de cette famille contractaient les plus honorables alliances, et, lorsque Claude Rulland naquit[3], il comptait des proches parents parmi les magistrats du Parlement de Metz, dont son fils devait un jour faire partie. C'est

---

[1] Gilles Rulland, dont la fille Marguerite épousa César Huyn, écuyer, seigneur de Pettoncourt, lieutenant-général au bailliage de Vic. La charge de receveur de la Bulette, analogue à celle de receveur de l'enregistrement, devait son nom à une petite bulle qui était suspendue comme sceau aux actes enregistrés.

[2] Père de Claude Rulland. Il fut marié trois fois.

[3] 6 mars 1673.

ainsi qu'au milieu de cette société où la naissance donnait des priviléges si considérables, le mérite abandonné à lui-même pouvait se faire lentement, mais sûrement, une place distinguée. Le sentiment qui rendait le fils responsable des fautes de son père lui permettait d'invoquer le souvenir de ses vertus : aussi donnait-on souvent à l'héritier d'un nom obscur, mais honorable, un rang qui le faisait l'égal des descendants des plus illustres familles. N'était-ce pas appliquer avec sagesse le principe de l'aristocratie du mérite si injustement opposé depuis aux souvenirs de la vieille société française ?

La raison calme et sereine de Rulland trouvait sa force dans des principes religieux ; quoique sa vie privée soit restée ensevelie dans les ténèbres du passé, nous savons, à n'en pas douter, qu'il avait reçu une éducation chrétienne. La seule trace qu'ait laissée sa famille dans notre ville, c'est une fondation pieuse qui s'est perpétuée jusqu'à nos jours[1]. Gilles Rulland, qui

---

[1] Épitaphe de Gilles Rulland et de sa femme, qui existait avant la révolution dans l'église St-Martin (croisée à gauche près la chapelle de la Vierge).

AN 1659.

Cy gissent sous la première tombe honnorable homme Sr Gilles Rulland, premier eschevin de céans, et dam^{elle} Françoise Laurent sa femme, lequel Sr Rulland a fondé à perpétuité par chacune sepmaine une messe haute et solemnelle du vénérable et très-auguste St-Sacrement de l'autel et pendant l'octave dudit St-Sacrement par chacun jour une messe basse en mémoire et pour le salut desdits deffunts et de leurs parents et à cet effet a donné une rente annuelle de cent livres messins pour distribuer au S^r curé ou chapelain et autres ainsi qu'il est porté plus amplement en la fondation de ce passée par devant feu Sr Pied vivant amant de St-Gergone le 50 avril 1659, et reçue

en est l'auteur, appelait ainsi sur la tête de ses des-cendants les bénédictions du ciel ; aussi tous ont pré-cieusement conservé cette foi héréditaire sans laquelle la sagesse humaine erre à l'aventure comme un aveugle sans guide. C'est avec une véritable émotion qu'on re-trouve dans les plaidoyers de Rulland qui nous ont été conservés, partout où une question de droit canonique est soulevée, non-seulement la preuve d'une conviction éclairée, mais l'expression du respect le plus profond pour les usages et les traditions du culte catholique que déjà l'esprit sceptique du XVIIIe siècle cherchait à tourner en ridicule. Il est beau de voir un homme qui a acquis par le travail une science à laquelle chacun rend hommage, s'incliner humblement devant la vérité qu'il n'a pas demandée aux lumières de son intelli-gence, mais qu'il accepte d'en haut avec une admirable soumission.

C'est dans ce sentiment religieux qu'il a puisé la force et le courage nécessaires pour supporter sans défaillance une vie rude et laborieuse. Il était encore enfant quand il perdit sa mère[1] et il avait à peine dix ans que déjà son père s'était remarié. Avocat à vingt ans, il épousait deux ans plus tard Catherine Jeoffroy,

---

par les S^{rs} curé et eschevin. La ditte dam^{elle} mourut le 11e novembre 1635, et ledit Sr Rulland le 21 févr. 1661, âgé de 74 ans. Priez Dieu pour eux.

(Extrait des épitaphes recueillies par Sébastien Dieudonné. Bibliothèque de la ville de Metz. Manuscrits, n° 215.)

[1] Anne Laurent, fille de Claude Laurent, conseiller échevin de l'Hôtel-de-Ville de Verdun.

fille d'un commissaire provincial d'artillerie, son parent. Partagé entre les devoirs du chef de famille et ceux de l'avocat, il fit preuve d'une maturité précoce. A partir de ce moment, sa vie a un véritable intérêt pour nous: partout on le retrouve mettant en pratique les principes que j'ai appelés les traditions de notre ordre. C'est en me plaçant à ce point de vue que j'étudierai rapidement avec vous les documents, malheureusement trop rares, qui nous révèlent ce qu'il a été comme avocat.

On nous répète souvent, Messieurs, que le travail est une nécessité de notre profession; ce n'est pas une maxime nouvelle. « Estre avocat et se lever matin sont » deux choses inséparables », disait La Roche-Flavin[1]. Celui que dépeint La Bruyère « ne fait que changer de » travaux et de fatigues: il se délasse d'un long discours » par de plus longs écrits[2]. » C'est bien là le portrait de Rulland; plaidoiries, consultations, mémoires, sentences arbitrales, toutes ces occupations si variées de notre profession se partageaient son temps. Partout on rencontre son nom dans les fastes judiciaires de l'époque; presque toujours la décision du Parlement a été conforme à ses conclusions. Aussi avec quel soin minutieux recherchait-il tous les renseignements utiles

---

[1] Bernard de La Roche-Flavin, conseiller au Parlement. — *Treze livres des Parlements de France. (Bordeaux, 1617.) — Des avocats, livre 3, ch. 2, n° 12.*

[2] *Caractères, ch. XV. De la chaire.*

à son client, avec quelle persévérance fouillait-il dans l'histoire pour découvrir la raison d'être d'une coutume, d'un usage dont l'application était controversée. Vous vous rappelez qu'en nous exhortant au travail on nous montrait naguère comment l'uniformité de la législation avait rendu notre tâche moins ingrate que ne l'était celle de nos devanciers[1] : on se rend compte des difficultés qu'ils avaient à vaincre quand on lit les factums que Rulland a écrits. Tantôt il s'est trouvé en présence de la coutume d'une province éloignée dont il devait discuter le sens et la portée[2] ; tantôt il lui a fallu traiter les questions les plus importantes du droit canonique[3]. Ailleurs son érudition semble s'être complue dans l'étude de certaines discussions de préséances ecclésiastiques qui, fréquentes alors, ne se comprendraient plus de nos jours[4]. Quand il devait plaider, il

---

[1] Allocution de M. Dommanget, doyen et bâtonnier de l'ordre des avocats, à la rentrée des conférences (Novembre 1858).

[2] Procès entre Marie-Claude Boisot, veuve de Messire Pierre-Joseph Mouret, chevalier, seigneur de Châtillon, président à mortier au Parlement de Besançon, et Denise Willier, femme de Claude Macle. — *Bibliothèque de la ville de Metz. Recueils de factums. D. 395, p. 619 et D. 396, p. 251.*

[3] Procès entre Messire Masson d'Autume, seigneur de Champs-Vans, chanoine de Besançon, et Messire Mairot de Mutigney, prieur de St-Désiré de Lons-le-Saulnier. — *Bibliothèque de la ville de Metz. Recueil de factums. D. 395, p. 265.*

[4] Procès entre les quatre abbayes bénédictines de la ville de Metz et le chapitre de la cathédrale. — *Bibliothèque de la ville de Metz. Recueils de factums. D. 396. p. 337.*
Procès entre le chapitre de la cathédrale de Verdun et le chapitre de l'église collégiale de Sainte-Marie-Magdeleine de la même ville. — *Bibliothèque de la ville de Metz. Recueils de factums. D. 396, p. 297.* — M. Abel, avocat à la Cour impériale, docteur en droit, a publié dans l'Austrasie l'histoire de cette curieuse affaire sous le titre de: *Un procès de cloches à Metz.*

résumait avec une remarquable concision les principes du droit naturel, les textes des lois positives, les opinions des auteurs, les décisions de la jurisprudence qui pouvaient s'appliquer à sa cause. Ces notes, heureusement réunies et conservées, forment un cahier volumineux[1], quoique les questions les plus ardues y soient complétement exposées en quelques pages. C'est là l'histoire de sa vie; on y retrouve l'avocat laborieux par conscience et par goût plus que par ambition, car jamais il n'a songé à publier ce précieux recueil, fruit de sa longue expérience. Lorsqu'après une étude aussi minutieuse il plaidait une affaire, il le faisait avec une grande lucidité, sans se lancer dans les digressions auxquelles les avocats de son temps étaient accoutumés. Ses confrères, qui redoutaient en lui certaines formes un peu rudes, l'avaient surnommé *le Rateau de fer:* en effet, il faisait prompte justice des artifices de style sous lesquels ses adversaires cherchaient à cacher la faiblesse de leurs arguments. Il les ramenait brusquement au fait et il les forçait à rester rigoureusement renfermés dans les limites étroites de la question litigieuse. Puis, quand une décision souveraine était intervenue, de retour dans son cabinet, il complétait le travail qui avait précédé sa plaidoirie par une courte mention de l'arrêt de la Cour. L'avocat disparaissait alors pour faire place au jurisconsulte; la partialité

---

[1] *Bibliothèque de la ville de Metz. Manuscrits. D. 83.*

n'étant plus un devoir pour lui, c'était dans l'intérêt seul de la science qu'il appréciait l'arrêt du Parlement. Quand il le critiquait, il appuyait son opinion sur des raisons si solides qu'on ne peut s'empêcher de penser en lisant son manuscrit que plus tard quelque revirement de jurisprudence sera venu donner gain de cause à ses observations. Cependant on rencontre quelquefois dans ces annotations l'expression d'une mauvaise humeur dont aucun avocat ne peut se défendre quand il a perdu un procès qu'il croyait juste ; mais le plus souvent c'était un triomphe que Rulland avait à constater. Il est regrettable que ce recueil ne soit pas entre nos mains, il aurait pour nous un double intérêt. C'est à la fois une espèce de dictionnaire des questions controversées de l'ancien droit et un utile modèle pour la préparation d'une plaidoirie. Qu'il me soit permis en passant, Messieurs, d'exprimer le vœu que la bibliothèque de Metz, si riche de nos dépouilles[1], consente un jour à se dessaisir en faveur de notre ordre d'un manuscrit qui aurait pour nous un prix qu'il ne peut avoir pour elle.

Ce qui frappe surtout dans les écrits de Rulland, c'est l'importance qu'il attache aux recherches historiques. Quelquefois elles ne paraissent avoir qu'un

---

[1] Un grand nombre d'ouvrages qui appartenaient anciennement à la bibliothèque des avocats se trouvent depuis la révolution à la bibliothèque de la ville. M. de Turmel, maire de Metz, avait accordé aux membres du barreau à titre de compensation le droit d'emprunter les livres de la bibliothèque sur un simple récépissé. Ce droit leur est aujourd'hui contesté.

intérêt de curiosité : c'est ainsi qu'il établit par une citation du Lévitique que le retrait lignager existait du temps de Moïse [1]. La science de l'histoire et celle du droit sont sœurs : on aime à retrouver les principes sur lesquels cette dernière est fondée immuables à travers les siècles. Le retrait lignager de notre ancien droit dont le code Napoléon a fait le retrait successoral, destiné à protéger tout patrimoine de famille dont l'intégrité serait menacée par la spéculation, sous un autre nom, avec d'autres formes, apparaît dans toutes les législations. Dieu lui-même avait inspiré Moïse lorsqu'il l'établit ; la loi musulmane [2] l'a emprunté aux Livres sacrés : d'âge en âge il est arrivé jusqu'à nous. N'est-ce pas agrandir la science du droit que de l'étudier ainsi, et cette remarque de Rulland qui fait sourire à première vue n'a-t-elle pas quelque chose qui élève l'esprit et rend la loi plus digne de nos respects ?

Ailleurs un procès important [3] réveille le souvenir d'un fait célèbre dans notre histoire, mais glorieux surtout pour la ville de Metz. C'est le siège de notre ville par Charles-Quint, c'est cette défense héroïque

---

[1] Manuscrit de Rulland, au mot *Retrait lignager*.

[2] Droit de Cheffah.

[3] Requête, Mémoires, Répliques. — *Bibliothèque de la ville de Metz.* — *Recueil de factums. N. 513.*
Notice historique sur l'ancienne abbaye royale de Saint-Arnould, par le général Le Puillon de Boblaye, ch. 1 et 2. — *Pièces justificatives citées à la fin du volume.*

où les Messins, côte à côte avec les soldats du vaillant duc de Guise, surent mériter par un baptême de sang leur nationalité nouvelle. A l'approche des Impériaux, tout ce qui était en dehors des fortifications avait dû être rasé pour rendre possible la défense de la place ; parmi les édifices sacrifiés se trouvait une riche abbaye de Bénédictins[1] de laquelle dépendait un vaste faubourg. Le duc de Guise fit donner asile aux religieux dépossédés dans un monastère connu depuis sous le nom de Saint-Arnould[2] qui appartenait alors aux Dominicains ; près de deux siècles après, en 1727, les Bénédictins s'y trouvaient encore et les Dominicains avaient disparu. De quelle manière cette substitution s'était-elle opérée? personne ne le savait plus. Les Bénédictins, après avoir fait échouer à plusieurs reprises les efforts des Frères Prêcheurs qui réclamaient leur ancien couvent, ne supposaient pas que la légitimité de leurs droits pût être encore contestée, lorsqu'une nouvelle demande intentée devant le Conseil du Roi vint les troubler dans leur jouissance. On accusait leur ordre avec une certaine apparence de raison d'avoir profité en 1552 de la protection du duc de Guise pour rester maîtres de l'abbaye où ils n'avaient reçu d'abord qu'une hos-

---

1. C'est sur l'emplacement de cette abbaye qu'est bâtie la citadelle.

2. L'abbaye détruite était placée sous l'invocation de saint Arnould : elle renfermait la tombe de Louis-le-Débonnaire et de plusieurs princesses de sa famille. Lorsque les bénédictins eurent pris possession du couvent des Dominicains, ils lui donnèrent le nom de leur ancien monastère.

pitalité provisoire. C'était une erreur ; mais comment le prouver après tant d'années ? Les Bénédictins s'adressèrent à Rulland ; celui-ci fouilla dans les archives ; il mit à ce travail la tenacité qui lui était habituelle et il finit par établir que, lors du siége de Metz, le couvent des Dominicains qui tombait en ruines n'était plus occupé que par cinq religieux ; trois d'entre eux avaient pris l'habit de saint Benoit et les deux autres s'étaient retirés. Il montra dans les mémoires qu'il rédigea à ce sujet comment cette prise de possession, justifiée par les nécessités de la guerre, avait été confirmée par le Roi Charles IX [1] et plus tard par le Pape Paul V [2]. Il n'y avait donc pas usurpation ; c'est du moins ce que décida le Conseil du Roi par arrêt du 25 janvier 1727. Dans cette affaire, comme dans bien d'autres du même genre, l'érudition dont Rulland faisait preuve était rendue attrayante par le charme du style ; on sentait à la solidité de son argumentation, à la pureté de son langage qu'il avait toujours partagé ses loisirs entre l'étude de la philosophie et celle de la littérature.

C'est par l'union de ces deux sciences qu'il avait acquis la supériorité devant laquelle s'inclinaient ses contemporains : pour satisfaire une légitime ambition nous devons suivre la même voie ; mais n'oublions pas que le talent le plus solide et le plus brillant

[1] Ordonnance du 10 février 1562.
[2] Bref du 22 décembre 1618.

ne suffit pas à un avocat. Nous sommes fiers de la noblesse de notre profession, et, pour qu'elle soit respectée comme elle doit l'être, nous nous faisons du désintéressement une loi d'autant plus sévère qu'elle est généralement mal comprise par ceux qui n'appartiennent pas à notre ordre. Riches ou pauvres, tous ceux dont nous reconnaissons le bon droit sont également bien accueillis par nous. L'avocat reçoit des honoraires comme la légitime rémunération de son travail; mais si, profitant de l'ascendant que lui donne son patronage, il stipule une part d'intérêt dans le bénéfice d'un procès confié à son talent, s'il se fait souscrire des billets pour assurer le paiement de ce qui lui est dû par son client, s'il expose ce dernier à la cruelle alternative ou de faire un sacrifice onéreux ou de n'être pas défendu, s'il refuse son ministère au malheur, si enfin il intente une action judiciaire contre celui qui, le procès gagné, oublie le service qui lui a été rendu, il manque à la dignité de sa robe et mérite une censure sévère. L'ancien barreau poussait aussi loin que le nôtre ce sentiment de délicatesse; nous en trouvons plusieurs fois la preuve dans la vie de Rulland. En 1741, un avocat au Parlement de Metz, nommé Robert, s'était fait souscrire un billet au porteur. Le bruit s'en répand: Rulland, comme doyen, accompagné du bâtonnier Roussel, se rend à la première Chambre et obtient l'autorisation de juger disciplinairement la conduite de ce confrère. L'ordre assemblé décide [1], *sous le bon plaisir de la Cour,* que le billet au porteur sera nul ; il interdit Robert pour un mois et lui enjoint d'être plus circonspect à l'avenir. Qu'on traite d'orgueil, si l'on veut, cette susceptibilité qui nous fait regarder comme un devoir ce qui n'en serait pas un pour d'autres ; c'est un orgueil légitime puisqu'il est la meilleure garantie de notre honneur. L'avocat soupçonné rencontre dans ce tribunal composé de ses pairs des juges inexorables ; aussi, s'il a été calomnié, quelle éclatante réhabilitation ! Peu de temps après la condamnation de Robert, des bruits fâcheux se répandent sur le compte d'un autre avocat, Nicolas Hussenot. On parle d'improbité, ce n'est encore que la rumeur publique ; on n'allègue pas de faits positifs contre lui : mais sa réputation est entachée. L'ordre se rassemble de nouveau ; il examine avec soin la source de tous ces bruits ; puis il déclare solennellement qu'il les a trouvés sans fondement et qu'Hussenot s'est parfaitement justifié [2]. N'est-il pas évident que l'innocent profite de la sévérité avec laquelle le coupable a été frappé et que la condamnation de Robert a rendu plus complète la réparation faite à l'honneur de Hussenot ?

Soumis à des devoirs aussi rigoureux, fidèle à ces

---

[1] Délibération de l'ordre des Avocats, 13 mars 1741. *Premier registre, feuillet troisième, au verso.*

[2] Délibération de l'ordre des Avocats, 27 juillet 1741. *Premier registre, feuillet quatrième.*

principes d'honneur, l'avocat ne peut abuser de l'indépendance qu'il doit à sa profession. Il veut que rien ne l'empêche d'éclairer la justice, mais il sait que la liberté qu'il réclame n'a pas d'ennemi plus dangereux que la licence et il est le premier à donner l'exemple de l'obéissance aux lois. Ainsi comprise, l'indépendance de l'avocat ne peut être un danger pour personne, et c'est parce qu'on en a méconnu le véritable caractère que les gouvernements se sont quelquefois crus autorisés à prendre contre elle d'inutiles précautions [1]. Du temps de Rulland, l'autorité du Roi, quelque absolue qu'elle fût, ne paraissait pas s'inquiéter des prérogatives de notre ordre; les Parlements les protégeaient, et, en toutes circonstances, les dépositaires du pouvoir royal se voyaient forcés de les respecter. Rulland eut plusieurs fois occasion de les défendre; il le fit toujours avec une grande fermeté: il comprenait que les priviléges sont souvent la meilleure sauvegarde de la liberté. Le 9 août 1742, il rassembla l'ordre en qualité de doyen pour lui communiquer une plainte qui lui avait été adressée par Rœderer [2]. Cet avocat, ayant dù protester par un

---

[1] Décret du 14 décembre 1810. — Napoléon écrivait à cette époque à Cambacérès: « Le décret est absurde; il ne laisse aucune prise, aucune action contre eux. Ce sont des factieux, des artisans de crimes et de trahisons; tant que j'aurai l'épée au côté, jamais je ne signerai un pareil décret, je veux qu'on puisse couper la langue à un avocat qui s'en sert contre le gouvernement. »

[2] Pierre Louis Rœderer, père du comte Rœderer, plusieurs fois bâtonnier de l'ordre, fut l'un des fondateurs de la bibliothèque des avocats.

acte régulier contre une sentence du bailliage de Metz dans laquelle il avait été dit par erreur qu'il y avait accord entre les parties, avait vivement mécontenté le lieutenant-général à ce siége, Jacques Michelet; ce dernier s'était permis de dire publiquement que l'auteur de cette remontrance devait s'attendre à recevoir de lui *une correction disgracieuse* en pleine audience, et il avait persisté dans cette résolution malgré les instances du procureur général Le Goullon de Champel[1] qui avait été prévenu de ce fâcheux incident. Rulland, après avoir exposé ces faits, ajouta « qu'il pensait qu'un tel pro- « cédé contre un avocat de mérite et qui n'était « pas sorti des régles de son devoir était une offense « et une injure qui rejaillissaient sur tout l'ordre; « qu'il ne convenait pas de laisser ainsi avilir la « dignité de ses fonctions, et qu'il lui semblait « qu'il était convenable de montrer en cette occa- » sion la noble fermeté qui a paru tant de fois pour « la défense de ses prérogatives et des attentions « qui lui sont dues. »

En conséquence, il fut décidé que tous les avocats s'abstiendraient de se trouver à aucune des audiences présidées par Michelet, jusqu'à ce que l'ordre eut obtenu la satisfaction qui lui était due. Bientôt les magistrats du bailliage ayant pris parti pour le lieute-

---

[1] Le procureur général Charles-François Le Goullon de Champel avait épousé Marguerite Jeoffroy, dont la famille était alliée aux Rulland.

nant-général malgré l'approbation que Rulland avait obtenue du premier président Mathieu de Montholon, cette abstention dut être étendue à toutes les audiences de cette compagnie.

Le bon droit était du côté du barreau dans ce regrettable conflit; la première irritation passée, le lieutenant-général le reconnut; aussi non-seulement il écouta la remontrance contre laquelle il s'était d'abord raidi, et il fit réformer la sentence, mais il se rendit le 22 août chez le procureur-général, et s'adressant à Rulland, à Bouteiller[1], délégué de l'ordre, et à Rœderer, qui s'y trouvaient, il leur donna l'assurance « qu'il était très-mortifié de tout ce qui était arrivé, » qu'il n'avait jamais eu dessein d'offenser l'ordre ni » aucun de ses membres; qu'il avait puisé dans l'esprit » de sa compagnie tous les sentiments de distinction, » d'estime et de considération qu'il mérite; qu'il les » conserverait toujours et qu'il en donnerait des » preuves en toutes les occasions[2]. »

Ce qu'il y a de plus remarquable, Messieurs, dans ces démêlés fâcheux, c'est le respect que les avocats ne cessent de témoigner à la magistrature, même

---

[1] Louis de Bouteiller, chevalier, seigneur de Sabré, fut reçu, le 18 juillet 1747, conseiller au Parlement de Metz, *sans examen, ayant exercé la profession d'avocat pendant plus de vingt ans avec honneur et distinction.* Lors de la suppression des Parlements par Maupeou, il devint conseiller, puis président à la Cour souveraine de Nancy.

[2] Délibérations de l'ordre des avocats, 9, 16 et 23 août 1742. *Premier registre, feuillets quatrième et suivants.*

lorsque le soin de leur dignité les fait entrer en lutte avec quelqu'un de ses membres. Toutes les délibérations, prises *sous le bon plaisir de la Cour*, sont soumises à l'approbation du premier président; et dans la circonstance dont je vous parlais, lorsque l'ordre eut obtenu satisfaction, il s'empressa d'envoyer au procureur-général une députation pour le remercier de la protection dont il l'avait honoré. Confiance et estime d'une part, respect et franchise de l'autre, tels sont les sentiments qui créent entre la magistrature et le barreau une union intime que viennent cimenter tous les jours des efforts persévérants vers un même but, la découverte et le triomphe de la vérité.

Quelques années plus tard, Rulland eut encore à sauvegarder les priviléges de notre ordre; cette fois, il avait à lutter contre un sentiment d'enthousiasme populaire que sans nul doute il partageait lui-même. Louis XV allait arriver à Metz; c'était encore pour toute la France Louis-le-Bienaimé, et les populations qui devaient quelques jours après remplir les églises pour supplier Dieu de leur conserver leur Roi accouraient alors en foule sur son passage. Les membres du barreau reçurent du maréchal de Belle-Isle l'ordre de prendre les armes et de se joindre aux compagnies de la milice bourgeoise. C'était une nouveauté incompatible avec les priviléges de l'ordre des avocats : le bâtonnier de Bouteiller, d'accord avec Rulland, crut devoir protester. Ils se rendirent tous deux au Gouvernement accompagnés du premier président et du procureur général, qui appuyèrent leurs remontrances. Le maréchal leur déclara, dit le procès-verbal conservé dans nos archives, « qu'on avait mal conçu ses ordres, » .... qu'il n'avait pas prétendu obliger les avocats à » prendre les armes pour l'arrivée du Roi; qu'il » concevait qu'il y aurait de l'indécence à les con- » fondre avec la bourgeoisie ; qu'il avait trop de » considération pour l'ordre en général et trop d'es- » time pour chacun des membres en particulier, pour » avoir imaginé cette confusion[1]. »

Ces hommes, si jaloux de leurs prérogatives, cé- daient-ils à un sentiment de vanité ou d'orgueil? leur vie modeste et cachée vient prouver le contraire. Le titre de bâtonnier donné trois fois par l'ordre des avocats[2], des fonctions municipales offertes par la confiance des habitants de Metz[3], voilà les seules

---

[1] Délibération de l'ordre des avocats, 21 juillet 1744. *Premier registre, feuillet huitième.*

[2] Il fut élu bâtonnier en 1714, 1742 et 1762.

[3] C'était à ce titre que son nom se trouvait sur l'inscription suivante qui existait autrefois à droite de la fontaine Sainte-Croix.

AN 1734.

Regnante Lud. XV° Dno Carolo Lud-Aug. Fouquet comite de Belle-Isle Regiorum ordinum equite, urbis et provinciæ gubernatore, Domino Joanne Francisco marquione de Creil, præfecto Regio ;

Dnus Nicolaus Etienne d'Augny, et Dnus Claudius Philippus d'Auburtin de Bionville, equites et proconsules ;

Dni Joannes Franciscus Malherbe ; Jacobus Baltus ; Carolus Mangeot ; Franciscus Le Payen ; Joannes Baptista Godefroy ; *Claudius Rulland* ; Gabriel Dedon et Joannes Bachelar, consules.

Dominis Joan. Petro Bel et Abrah. Jos. Michelet Quæstoribus ; Jacobo Lud. Perin des Almonts equite syndico etc.; Joanne de Brie Secretario existentibus, fontis hujus devium huc usque aquarum cursum, ad publicam utilitatem ferreis compagibus perpetuum infixerunt anno 1734.

(Extrait du manuscrit de Sébastien Dieudonné).

distinctions que Rulland ait acceptées pendant une vie presque centenaire. Il mourut en 1765, après avoir vu son fils [1], longtemps avocat comme lui, devenir conseiller au Parlement. Son nom, trop vite oublié, devrait nous être cher puisqu'il rappelle des vertus d'autant plus précieuses de nos jours qu'elles sont devenues plus difficiles. Il a été la personnification d'une génération plus simple que la nôtre, moins possédée du besoin de parvenir, préférant un mérite sérieux aux plus brillantes apparences.

Cependant il y aurait ingratitude et aveuglement de notre part à ne pas rendre justice au présent par amour pour le passé : les traditions qui font notre légitime orgueil nous ont été transmises par nos aînés; tous les jours encore ils nous indiquent par leurs exemples la voie que nous devons suivre. Lorsque je vous parlais des vertus de Rulland, si longtemps doyen du barreau de Metz, je ne doute pas, Messieurs, que vos esprits, comme le mien, n'aient été frappés d'un remarquable rapprochement. N'avons-nous pas au milieu de nous l'exemple d'une existence laborieuse comme la sienne, qui, comme elle, n'a reçu d'autre récompense que le respect et l'affection de tous? Ces

---

[1] Michel Rulland, reçu avocat le 25 octobre 1728, conseiller au Parlement de Metz le 14 octobre 1758, perdit sa charge en 1771 lors de la suppression des Parlements. Il avait épousé Jeanne-Marguerite Vaillant, sœur de Benoit Claude Vaillant, conseiller au Parlement de Metz. Il mourut sans laisser d'enfants le 7 septembre 1774, et fut le dernier de son nom.

vertus d'un autre âge ne sont donc pas impossibles à notre époque : efforçons-nous de les pratiquer sans nous laisser distraire par les décevantes séductions de l'ambition. Dieu seul sait ce que l'avenir réserve à chacun de nous : heureux ceux qui, suivant l'exemple de Rulland, ne quitteront pas le pays natal pour une terre étrangère. Mais si nos destinées nous séparent les uns des autres, un lien bien puissant nous unira toujours. La pensée qui rapproche toutes les distances reportera les absents à ce barreau qui a vu leurs premiers efforts, qui a aidé leurs premiers pas dans la carrière ; ceux qui seront restés n'oublieront pas d'anciens confrères éloignés, et, lorsque viendra le jour de la réunion, ce sera avec joie que les uns et les autres se rappelleront les souvenirs de cette affectueuse confraternité qui est la plus douce, la plus précieuse, et la plus consolante de nos traditions.

Metz, Typogr. et Lithogr. NOUVIAN, rue Neuve-St-Louis, 1.

235

www.ingramcontent.com/pod-product-compliance
Lightning Source LLC
Chambersburg PA
CBHW061731180626
46818CB00006B/2551